图书在版编目(CIP)数据

民国密云县志/宗庆煦纂;孙剑伟校点. —北京:中国书店,2009.1

ISBN 978-7-80663-609-1

Ⅰ.民… Ⅱ.①宗…②孙… Ⅲ.密云县-地方志 Ⅳ.K291.4

中国版本图书馆 CIP 数据核字(2008)第 186292 号

北京舊志彙刊

密雲縣志　一函八册

作者	宗慶煦 纂　孫劍偉 校點
出版	中國書店
地址	北京市宣武區琉璃廠東街一一五號
郵編	一〇〇〇五〇
發行	全國新華書店經銷
印刷	江蘇金壇市古籍印刷廠有限公司
版次	二〇〇九年一月
書號	ISBN 978-7-80663-609-1
定價	一二〇〇元

北京舊志彙刊

密雲縣志

宗慶煦 纂

孫劍偉 校點

中國書店

開啓北京地域文化的寶庫

——《北京舊志彙刊》序

段柄仁

中華文明源遠流長，其燦爛輝煌、廣博深遠，舉世公認。她爲什么能在悠悠五千年的歷史長河中，不僅傳承不衰，不曾中斷，而且生生不息，歷久彌鮮，不斷充實其内涵，創新其品種，提高其質地，增强其凝聚力、吸引力、擴散力？歷朝歷代的地方志編修，不能不説是一個重要因素。我們的祖先，把地方志作爲資政、教化、傳史的載體，視修志爲主政者的職責和義務，每逢盛世，更爲重視，常常集中人力物力，潛心編修，使之前映後照，延綿不斷，形成了讓世界各民族十分仰慕的獨一無二的文化奇峰勝景和優良傳統。雖然因歷史久遠，朝代更迭，保存困難，較早的志書多已散失，但留存下來的舊志仍有九千多種，十萬多册，約占我國全部歷史文獻的十分之一。規模之大，館藏之豐，其他種類的書籍莫可企及。

作爲具有三千多年建城史，八百多年建都史的北京，修志傳統同樣一以貫之。有文獻記載的最早的官修地方志或類似地方志是《燕十事》，之後陸續有《燕丹子》、《幽州人物志》、《幽州圖經》、《幽都記》、《大都圖册》、《大都志》、《洪武北京圖經》、《北平圖志》、《北平志》、《北平府圖志》等。元代以前的志書，可惜祇聞其名而不見其書，都没有流傳下來或未被挖掘出來。現存舊志百餘種，千餘卷，包括府志、市志、州志、縣志、街巷志、村志、糧廳志、風俗志、山水志、地理志、地名志、關志、寺廟志、會館志等，其中較早而又較爲完整的《析津志輯軼》，是從元

代編修《析津志典》的遺稿及散存《永樂大典》等有關書籍中輯録而成的。明代最完整的志書《順天府志》也是鈔録於《永樂大典》。其餘的舊志，多爲清代和民國時期所撰。這些十分寶貴的文獻資料，目前散存於各單位圖書館和個人手中。有的因保存條件很差，年長日久，已成殘本，處於急需搶救狀態。有些珍本由於收藏者的代際交替，輾轉於社會，仍在繼續流失之中。即便保存完好者，多數也是長期閉鎖於館庫之中，很少有人問津。保護、整理和進一步研究挖

掘，開啓這座塵封已久的寶庫，使其盡快容光煥發地亮起來、站出來，重見天日，具有不可延誤的緊迫性。不僅對新修志書有直接傳承借鑒作用，對梳理北京的文脉，加深對北京歷史文化的認識，提供基礎資料，而且對建設社會主義先進文化，進一步發揮其資政教化作用，滿足人們文化生活正向高層次、多樣化發展的需求，推動和諧社會建設，都將起其他文化種類難以替代的作用，是在北京歷史上尚屬首次的一項慰藉祖宗、利及當代、造福後人的宏大的文化基礎建設工程，具有重大的現實意義，必將產生深遠的歷史影響。

當前是全面系統地整理發掘舊志，開啓這座寶庫的大好時機。國家興旺，國力增强，社會安定，人民生活正向富裕邁進，不僅可提供財力物力支持，而且爲多品種、高品味的文化產品拓展着廣闊的市場。加之經過二十多年的社會主義新方志的編修，大大提高了全社會對方志事業的認同感和支持度，培育了一大批老中青結合的修志人才。在第一輪編修新方志的過程中，也陸續整理、注釋出版了幾部舊志，積累了一定經驗。這些都爲高質量、高效率地完成這項任務提供了良好的條件，打下了扎實的基礎。

全面系統、高質高效地對北京舊志進行整理和發掘，也是一項十分艱巨的任務。需要强有力的領導和科學嚴密的組織工作。爲此，在市地方志編委會領導下，成立了由相關領導與專家組成的北京舊志整理叢書編委會。采取由政府主導，市地方志辦公室、市新聞出版局和中國書店出版社聯合承辦，充分吸收專家學者參與的方法，同

心協力，各展其能。需要有高素質的業務指導。實行全市統一規範、統一標準、統一審定的原則。製定了包括《校點凡例》在内的有關制度要求。成立了在編委會領導下的專家委員會，指導和審查志書的整理、校點和出版。對於參與者來説，不僅提出了應具備較高的業務能力的標準，更要求充分發揚脚踏實地、開拓進取、受得艱苦、耐得寂寞，甘於坐冷板凳的奉獻精神，爲打造精品出版物而奮鬥。爲此，我們厘定了《北京舊志彙刊》編纂整理方案，分期分批將整理的舊志，推

向讀者，最終彙集成一整套規模宏大的、適應時代需求、與首都地位相稱的高質量的精神産品——《北京舊志彙刊》，奉獻於社會。

丁亥年夏於北京

《北京舊志彙刊》校點凡例

一、《北京舊志彙刊》全面收録元明清以及民國年間的北京方志文獻，是首次對歷朝各代傳承至今的北京舊志進行系統整理刊行的大型叢書。在對舊志底本精心校勘的基礎上重新排印并加以標點，以繁體字竪排綫裝形式出版。

二、校點所選用的底本，如有多種版本，則選擇初刻本或最具有代表性的版本爲底本；如僅有一種版本，則注意選用本的缺卷、缺頁、缺字或字迹不清等問題，并施以對校、本校、他校與理校，予以補全謄清。

三、底本上明顯的版刻錯誤，一般筆畫小誤、字形混同等錯誤，根據文義可以斷定是非的，如「己」「已」「巳」等混用之類，徑改而不出校記。其他凡删改、增補文字時，或由於文字异同造成的事實出入，如人名、地名、時間、名物等歧异，則以考據的方法判斷是非，并作相應處理，皆出校記，簡要説明理由與根據。

四、底本中特殊歷史時期的特殊用字，予以保留。明清人傳刻古書或引用古書避當朝名諱的，如「桓玄」作「桓元」之類，據古書予以改回。避諱缺筆字，則補成完整字。所改及補成完整字者，於首見之處出校注説明。

五、校勘整理稿所出校記，皆以紅色套印於本頁栏框之上，刊印位置與正文校注之行原則上相對應。遇有校注在尾行者，校記文字亦與尾行相對應。

六、底本中的异體字，包括部分簡化字，依照《第一批异體字整理表》改爲通行的繁體字。《第一批异體字整理表》未規範的异體字，參照《辭源》、《漢語大字典》改爲通行的繁體字。人名、地名等有异體字者，原則上不作改動。通假字，一般保留原貌。

七、標點符號的使用依據《標點符號用法》，但在具體標點工作中，主要使用的標點符號有：句號、問號、嘆號、逗號、頓號、分號、冒號、引號、括號、間隔號、書名號等十一種常規性符號，不使用破折號、着重號、省略號、連接號與專名號。

八、校點整理本對原文適當分段，記事文以

時間或事件的順序爲據，論説文以論證層次爲據，韵文以韵脚爲據。

九、每書前均有《校點説明》，内容包括作者簡况、對本書的評價、版本情况、校點中普遍存在的問題，以及其他需要向讀者説明的問題。

《密雲縣志》目録

校點説明

密雲縣位於北京市東北部、燕山山脉南麓，爲華北平原與蒙古高原的過渡地帶。南連平谷、順義，西毗懷柔，北接河北省灤平縣，東鄰河北省承德縣、興隆縣。

密雲縣歷史悠久。秦始皇二十二年置漁陽郡漁陽縣，爲密雲地區建縣之始。北魏皇始二年始置密雲縣，乃因密雲山（今名雲霧山，在今河北省豐甯縣境）而得名，縣治在今豐甯縣大閣鎮東北南關村。東魏元象元年，密雲縣南遷，寄治於漁陽縣内，密雲縣址始遷於今縣址。其後，北齊廢漁陽縣入密雲，則是反客爲主也。隋開皇十八年，縣域内置檀州，後爲州、爲郡、爲縣，幾度興廢。是以有明以來，文人筆墨之中常以檀州指代密雲。明洪武元年，省檀州入密雲，歷明、清兩朝至今而不變。

密雲縣境内萬山盤鬱，崗巒起伏，唯縣治左右與石匣（在縣城東北三十公里處、印靈山脚下，今已沒於密雲水庫之中）周圍地勢平坦開闊。諸山或聯地絡，或束水源，或當孔道，其別脉分支，不可盡數。潮、白兩河貫穿全境，百川匯注，盈涸無常。山川縈紆，處處天險。古人遂因勢而設關隘，修城墻、築堡壘，以界内外。密雲正當中原地區與塞外之交通要衝，中原據之則可鞏固邊防，塞外少數民族據之則可長驅直入中原腹地，故歷來爲兵家必争之地。金、元以來，歷朝定都幽燕。密雲拱衛京師，鎖鑰北路，地位益重，而以明代爲尤甚。密雲地瘠民貧，交通不便，然歷朝無不重視者，誠以此也。

《密雲縣志》之修纂，始於明萬曆年間密雲知縣張世則，惜其書已不傳。有清一代，三次修成《密雲縣志》。第一次在康熙十二年成書，知縣趙弘化主持編修。第二次在雍正元年成書，知縣薛天培主持編修，本志所云「薛志」者是也。第三次在光緒八年成書，歷時較久，經數人之手而成，本志屢稱「舊志」者是也。光緒八年《密雲縣志》（以下簡稱「光緒志」）體例恰當，内容周詳，實爲本志修纂之所本。本志始修於民國元年，成書於民國三年。雖有前任縣知事臧理臣、縣知事朱頤署名總理，然倡興其舉并協調其事、承擔其貲者則爲甯權也。甯氏爲當地望族，歷代皆有義舉（詳見本志卷六「氏族」類）。甯權本人爲光緒甲午科舉人，時任密雲縣議事會議長。本志之總纂宗慶煦，亦爲本縣人，出身於書香門第（詳見本志卷六「氏族」類宗氏家世自述），光緒甲午科舉人。

本志雖在體例上沿襲光緒志，然其時正值新舊政體交替之際，社會文化變革之時，亦反映了時代之特點。與光緒志相比，本志有删有增。光緒志首列「巡行」「皇恩」「宸翰」三門，以示尊王之義，修纂者以爲國體已更，故删之。光緒

志卷二有「灾祥」之類，修纂者以爲荒誕，亦删之。尚有其他，隨見於志中按語、注文。其所增部分，一是沿用舊志之門類，但於門類之下續增條項，如「職官」「人才」「節烈」等；一是增加新門類，以反映時代之變遷，如「學堂」「議會」「警務」「商會」。此外，在卷二之七「物産」類中增設了「礦産」一目，在卷二之四「輿地」門內補編了墻子路邊外界限地址圖説。除了删、增之外，本志對光緒志中訛誤、繁複之處亦

多有考訂更正，并一一於文中注明，一覽便知。光緒志列「詩文」爲一卷，本志則析之爲「藝文」「詩歌」兩卷。閲覽本志，不僅可以知曉密雲之山川形勝、物産資源、人物志行、文物古迹，更可以感受到密雲歷史之演進與國家之興衰、時代之變革息息相關也。明清之際固爲中國歷史之一大變遷，清末至民國則又前所未有之一大變遷也，二者均可於本志中處處見其痕迹。至於「藝文」門中所收前人墨寶，皆因有所感發而作，精誠可鑒，當與世人共賞，豈可因其爲一縣志所收而不屑一顧也？

本志於民國三年由北京京華印書局鉛印出版，臺灣成文出版社所編《中國方志叢書》以及上海書店、巴蜀書社、江蘇古籍出版社所編《中國地方志集成》均收入本志，係據京華印書局鉛印本影印。本次校點所依據者即爲京華印書局鉛印本。原書行文之中，因纂修時所輯資料不全，缺字或少文處以圓圈替代，而今亦無從查考，僅在校點本中以「□」代之。原書前密雲諸圖缺失，新刊本亦保持原狀未補。

因本人才疏學淺，雖於推敲字句之意、查閱相關材料不憚其煩，仍恐有所失誤，尚望博雅之士不吝指正。另外，在校點過程中，屢蒙劉宗永師兄指教，在此特表謝意。

二〇〇六年八月孫劍偉謹記

重修《密雲縣志》序

邑之有志，猶國之有史。凡事之關乎政典者，因革損益，紀載不厭其詳。其政體之大者，尤宜亟爲著録，以昭示來兹。方今中華改建，由專制而遽底共和，其中政治之改革，筆不勝書。脱非有以紀之，恐時移勢遷，語焉不詳，既難免文獻不足之虞，且不克蹈厲發揚，副我新建共和之國。

余於本年夏五月檄權篆密雲。甫下車，急索邑志。邑人云：「舊志殘編，斷簡散佚，幾不可稽。」適邑紳甯君權倡興此舉，當即索稿，詳加披覽，始知版圖之廣狹、賦役之正供、自治之隆污、學校之興替以及忠孝節廉，代有偉人，世生賢哲，無不博采。綜數十年之人物、政教，悉皆綱舉目張。其編輯備極搜羅，其創造亦良苦矣。余不敏，秉燭夜分，悉心厘訂，迅付剞劂。俾後之讀是志者皆薰沐良善，食舊德而服先疇，法高曾而循矩矱，未始非興教育、勸農桑之一助也。是爲序。

中華民國三年九秋上浣密雲縣知事朱頤序

序

《周官》：小史掌邦國之志，外史掌四方之志。説者曰：「志」猶今之郡國志，以識山川物土者也。蓋志書之作尚已。

古之治天下者，必察於疆域之夷險、户口之盈耗、物産之盛衰、風俗之淳澆，以爲施政之準。故語其名，則有山林、川澤、丘陵、原隰之异。語其物，則有毛阜、鱗膏、羽覈、介莢、裸叢之别。語其民，則有毛方、黑津、專長、晳瘠、豐庳之殊。因其俗以修其教，因其宜以齊其政，民物以阜，貢賦以出，治化於是乎成。然皆圖志之爲也。

是故，披覽圖志而九州五服之物莫不瞭然燦然如燭照，而數計不出户庭而可以周知天下之務。故嘗謂小史、外史之所掌，與大司徒職方氏相表裏者，此也。

自秦漢以後，志書之掌不復領以專官，而志書之作政府亦不復專其事。有清三百年間，省郡縣多有志，大抵皆鄉士大夫任其修纂之事，官爲提倡而已。故僻陋之邑，文獻往往失徵。其官府既役於簿書，其縉紳士夫亦相與因陋就簡，遂使考風問俗者無所依據，而政教之施多闕。嗚呼！其可慨也！

密雲北跨長城，爲京師屏翰，綿亘二百餘里，有古北、石塘、白馬諸關之勝，霧靈、黍谷諸山，白河、潮河諸川，盤互交錯於境内，近畿之上邑也。

縣故有志，成於同光之間，迄今五十餘年。歲久失修，卷帙稍散佚，而近數十年之風俗沿革，多闕而不具，有識者恧焉。權以庚戌歲歸自濟南，因從鄉里諸父老詢邑中故事，大懼吾邑文

獻之徵，自此遂澌然就泯，而言政俗者之无所考訂也。爰建增修之議於諸父老，幸不鄙夷其説，猥以兹事相屬。乃以壬子八月設局於縣議事會，延同年宗君慶煦爲總纂，并約邑中熱心公務者爲調查。迨甲寅七月告成，闕者完之，散者葺之，僞者訂之，複者刊之，綜數十年來之人物、建置、風俗、沿革以益之，凡爲書十餘卷。數易寒暑，所費不貲。均係權一人擔任，然竊喜不負諸父老之托也。

書成，因推論志之作，其繫於治道者如此，

并及吾邑所以增修志書之由。凡我邑人，得有所觀覽焉，是即權之所深幸也夫！

中華民國三年歲在甲寅八月

上浣古檀甯權謹序

重修《密雲縣志》序

方志一書，體本政書，文非雜記。密雲在昔本屬岩疆，戎馬雲屯，關隘林立。前清定鼎以來，藩籬盡撤，視若堂奥。然地處要衝，關津四達，地瘠而役重，名簡而實繁，故典籍尤不可缺。舊志重修於同治季年，告成於光緒七年。其時禮教未湮，士大夫尚汲汲以徵求文獻爲事，官紳合力，搜討不遺餘力，故析理分條，頗稱詳備。但迄今又歷三十餘年，因革損益，屢有變更，應行修正者固多。洎庚子而後，事例繁興；辛亥以還，更張益

劇，則增訂之役尤不可緩。縣議事會議長甯君子衡謂：「縣之有志，實爲宰治南針。」乃翻閱舊編，多不適用，如兵拘舊法、醫泥古方，北轍南轅，鮮不誤事，遂倡議重修。呈請邑侯臧公，推爲總理，囑在會同事分任采訪，而以纂輯之事委諸不佞。自維鄙陋，深懼弗勝，然俯仰前修，不忍聽其散失。於癸丑春間，與同事諸公朝夕討論，疏瀹舊志，議削議增。參用會稽章公《湖北通志》義例，一以有裨實用爲主。又因原書輿圖漫無師法，命兒輩詳爲測繪。載歷寒暑，始克蕆事。維

時邑侯以事去官，適民政長劉公有重修《畿輔通志》之令，呈請批準，以表异於私史。見聞既寡，疏漏實多，糾謬繩愆，是所望於達者。

民國三年一月密雲宗慶煦撰

重修密雲縣志銜名姓氏

總理

前密雲縣知事　臧理臣山東人

密雲縣知事　朱頤河南人

提調

前甲午科舉人　山東候補知縣　縣議事會議長　甯權邑人

總纂

前甲午科舉人　江蘇候補知縣　宗慶煦邑人

采訪

前翰林院供事　縣參事會參事員　齊德榮邑人

師範畢業生　縣議事會議員　王殿麒邑人

廩生　縣參事會參事員　蘇爲霖邑人

廩生　縣參事會參事員　周顯岐邑人

廩生　縣議事會議員　劉士通邑人

城議事會議員　王家棟邑人

廩生　高信邑人

庠生　趙治邦邑人

校對兼繪圖

前候選縣丞　宗華培邑人

密雲縣志卷首

凡例

是書共分地理、政事、人物、藝文四大綱。四綱之中分爲十三門，析爲二十四類，都爲八卷。其有門無類者，如田賦、兵制、議會、警務、政略、文詩，獨列一門，不復强爲分析。

四綱之中，地理、政事尤爲重要。其天文、星野，不過沿襲舊說，而疆域屢經分并，分野縮小，實難確定，姑存天文一門。繪圖立說，以辨其誤。

舊志首列巡幸、皇恩、宸翰三門，遵王之義，體例應爾。今國體已更，不妨變例。至灾祥之說，遠法《春秋》，近仿前史《五行志》，究嫌附會，近於讖緯，且百餘年來已失於紀載，俱擬從删，以求徵實。

舊志輿地一門，於疆域經界、關隘險要、山脉方向、川流源委，紀載頗詳。惟營壘現多頽廢，河道間有改移，圖說中凡有更注，俱加按語以别之，不敢攘前人之美。

墻子路邊外，昔爲荒徼，今邇禁山，故前志略而未及。兹另爲補圖立說，以正疆界。

幅員廣袤，道里距離，本當以弦綫計里第，不經測量，無從估計。今姑沿用舊説，間有錯誤，悉爲更正。

方里之説，本《禮·王制》授田之法，亦推求面積之通例，而世多斥爲西法，殊覺可詫。特爲揭櫫，示非立异。

户口增减於地方政治面面皆有關係。今據巡警局及議事會調查清册，就最近數目列爲户口表，俾閲者周知丁口數目。

礦産林業爲生利根本，亦可考土脉之豐瘠，詳爲紀載，以備采用。

田賦一門，最爲複雜，雖經徵官吏不能悉其確數，不獨密雲爲然。惟數十年中無甚損益，就其有檔案可稽者，擇要登載，疏漏之處，誠所不免。

方志之載政略、事略，本寓激勸於表揚之中，但取昭昭在人耳目者，撮舉大節。體例所在，不能瑣叙細事，有類於家乘墓表。

卷末文詩，什九非邑人著述，以有關掌故及要隘形勢，故存之。

輿圖自有程式，但詳位置，不取形似。原志各圖出自拙工，見者無不匿笑。今略參西法，加以符號、度數、尺數，共十五幅。其餘營關寨堡，半已無存，不復列繪。

新政舉舉可紀者，惟學堂、議會、警務、商會四事。其他未見成績，及不在本縣範圍内者，則略而不書。

禮俗習尚，采風所重。惟順屬各縣，俗尚大略相同，密雲無特异之點，非隔省自爲風氣者可比。勉爲紀録，必多夸飾，故略而不書。

未曾濡筆，濫列銜名，積習相沿，賢者不免。然蘭臺中壘，不聞協修，廬陵子京，疇爲分纂。此次除總理、提調、總纂、采訪、校對、繪圖身親其事者外，概不列名，免爲有識者所嗤。

流寓一門，方志中間一及之。茲既未經采訪，當付闕如。

密雲縣志輿圖

北京舊志彙刊

密雲縣志

輿圖

一

密雲縣志輿圖四

北極出地度分
密雲度分
圖

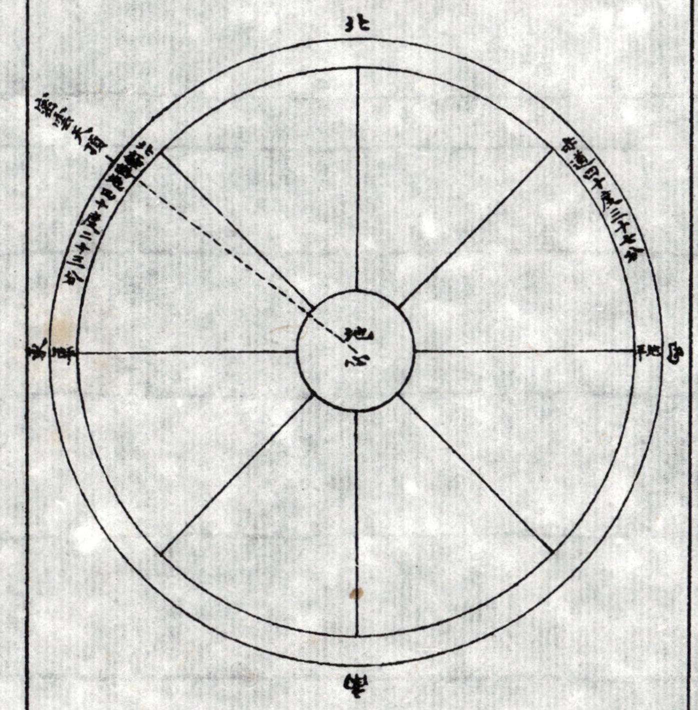

郡邑之設，分枝布葉，必以省會爲中心點。省會拱衛中都，必以京師爲中心點，此千古不易之制也。都城在北極出地四十度二十三分五十秒，每度二百里。密雲近接都城，弧綫約一百三十里，以弦綫計之不過九十里，止占零度二十六分十秒，尚不及一度之半。舊志謂偏東十度二十六分十秒，其説大誤，敢爲校正。

密雲縣志輿圖五

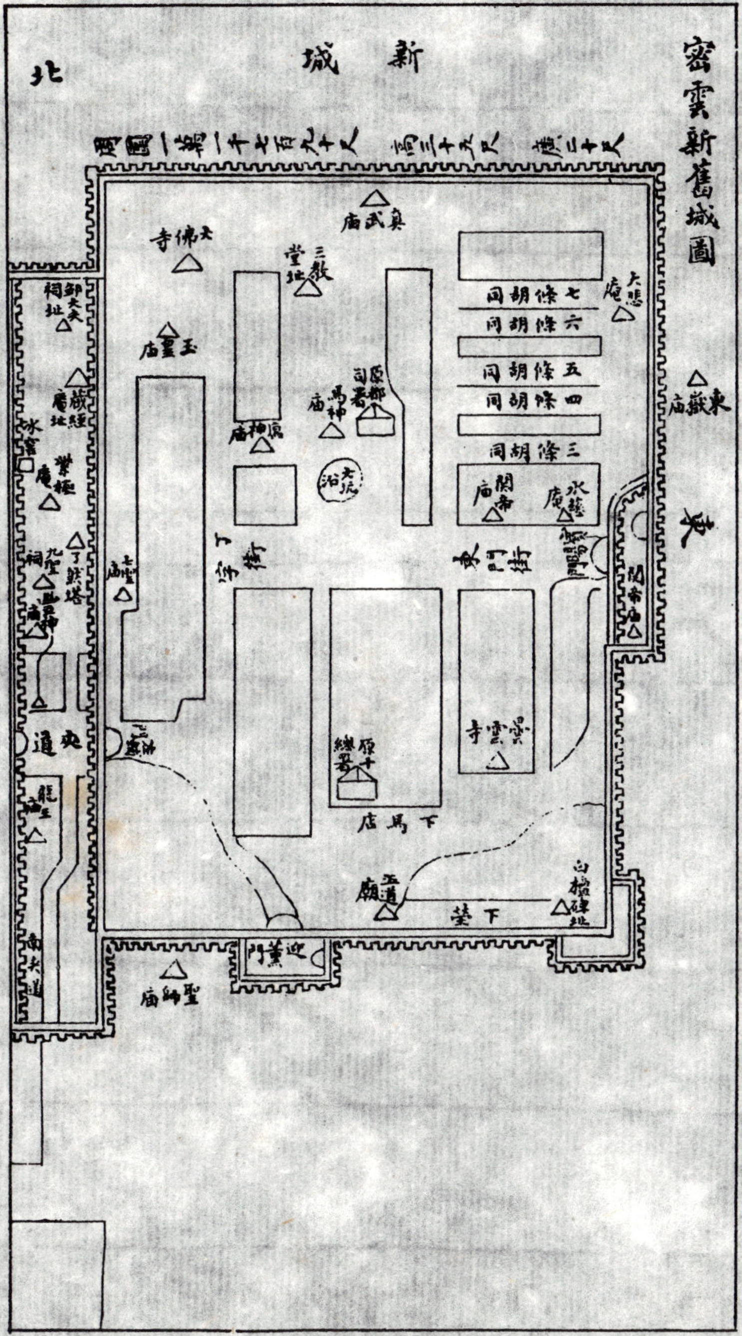
密雲新舊城圖
新城
北
東
七條胡同
六條胡同
五條胡同
四條胡同
三條胡同
東門大街
東嶽廟
東武廟
雲峯寺
下馬店
迎薰門
聖師廟
夾道

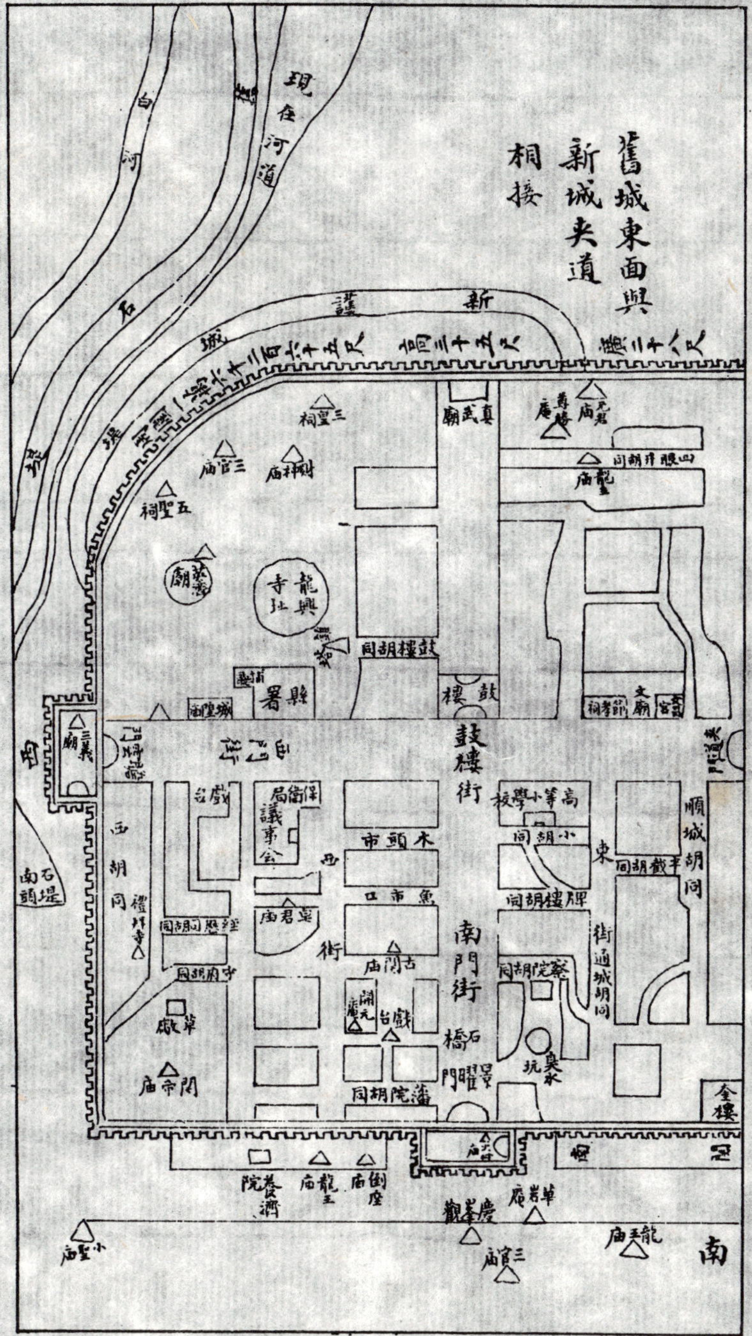
舊城東面與新城夾道相接
現在河道
白河
石堤
新城
鼓樓街
南門街
木頭市
魚市口
順城胡同
西胡同
南石頭堤
縣署
鼓樓
西
東
南
龍王廟
三官廟
五聖祠

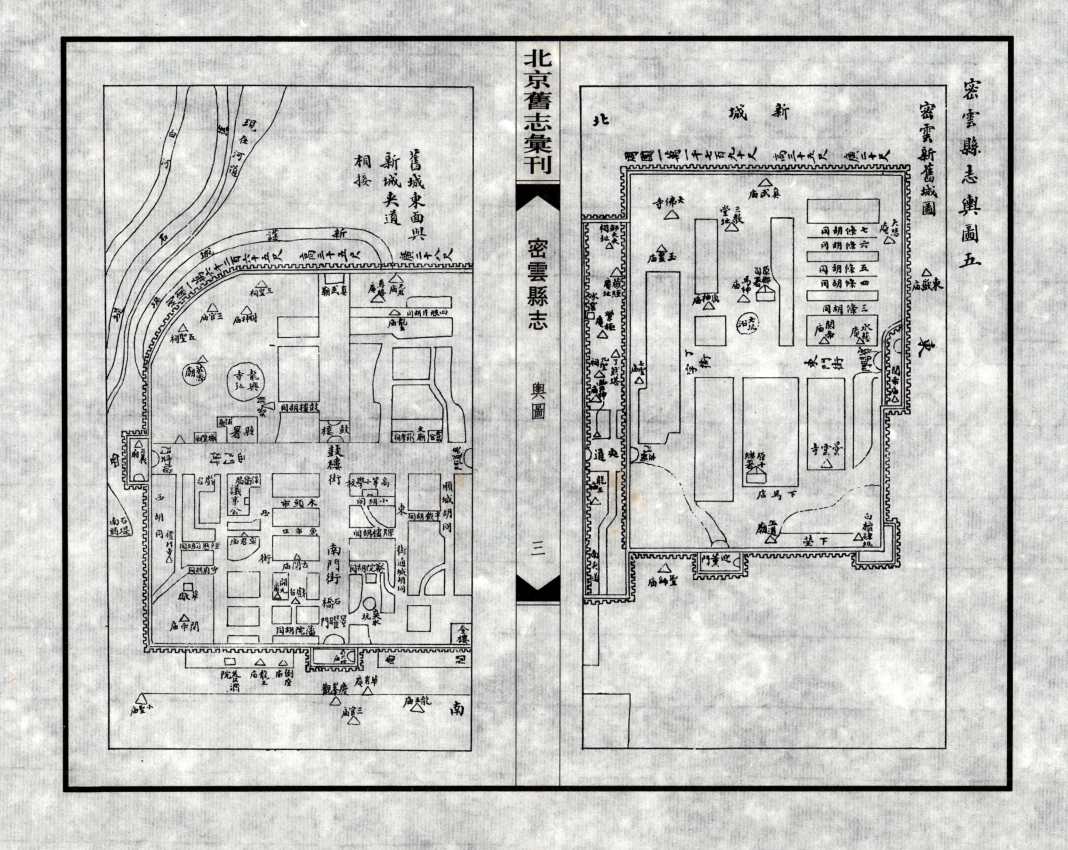

密雲縣志輿圖六

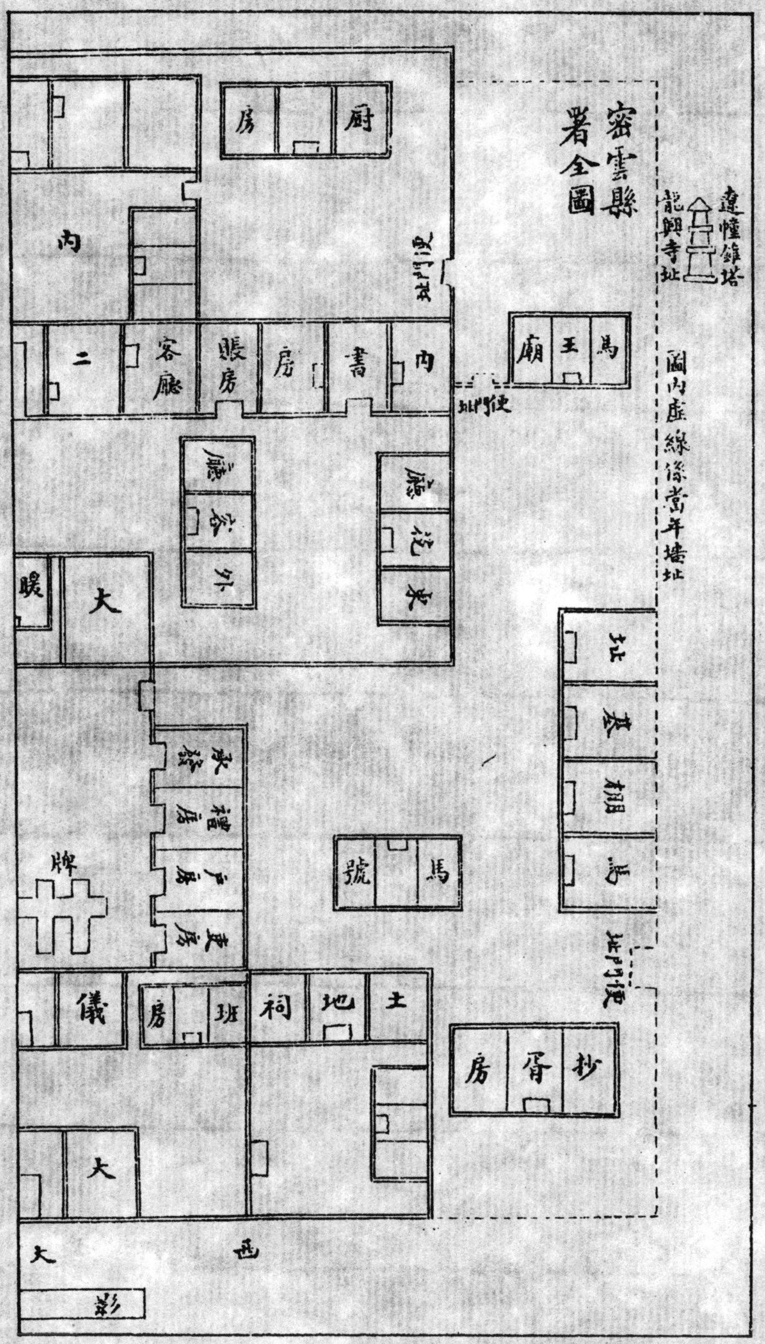
密雲縣署全圖
遼幢鎮塔
龍興寺址
圖內虛線係當年墻址
房
廚
內
二
客廳
賬房
房
書
內
馬王廟
便門址
廳花東
廳花外
暖
大
基址
馬棚
承發房
禮房
戶房
吏房
牌
馬號
儀
班房
土地祠
抄胥房
大
大西
影

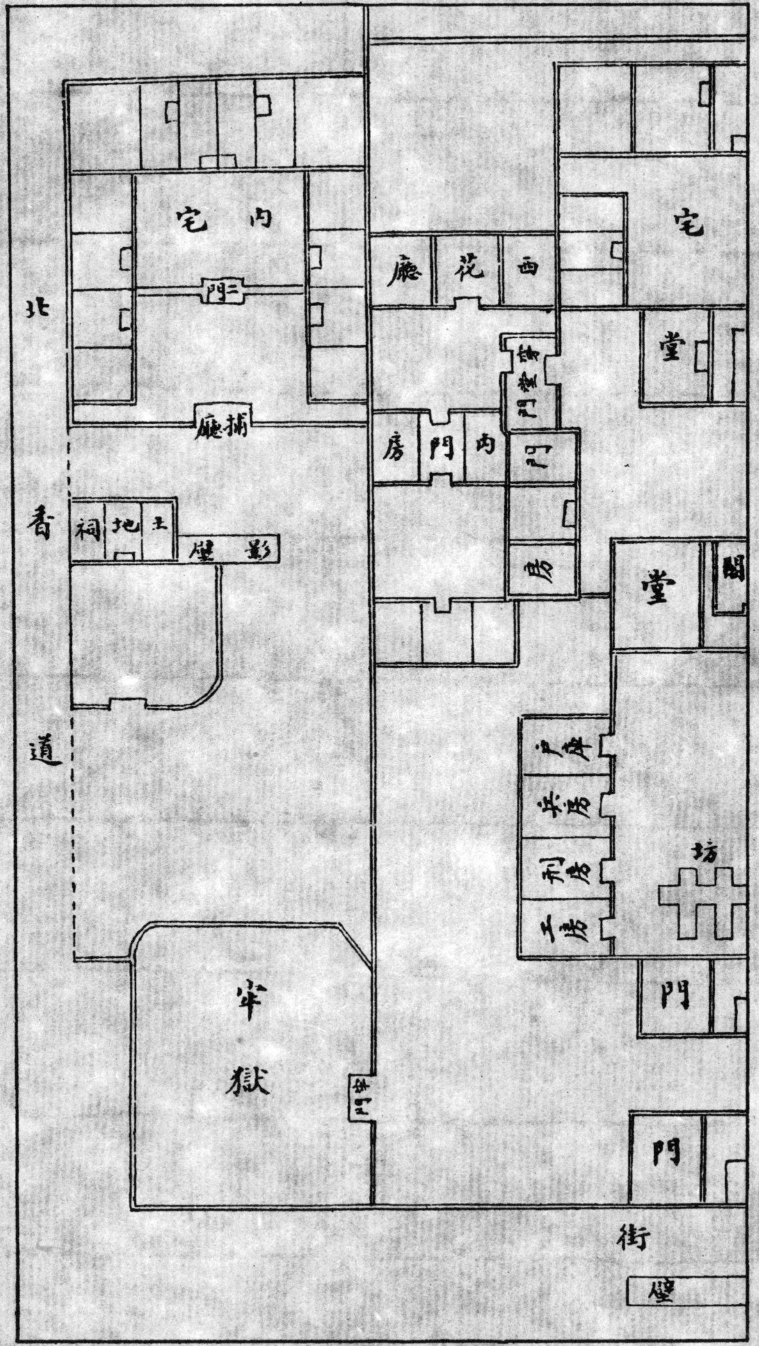
內宅
二門
捕廳
北
香
道
土地祠
影壁
西花廳
宅
堂
內門房
門
房
堂
戶房
兵房
刑房
工房
坊
門
牢獄
門
街
壁

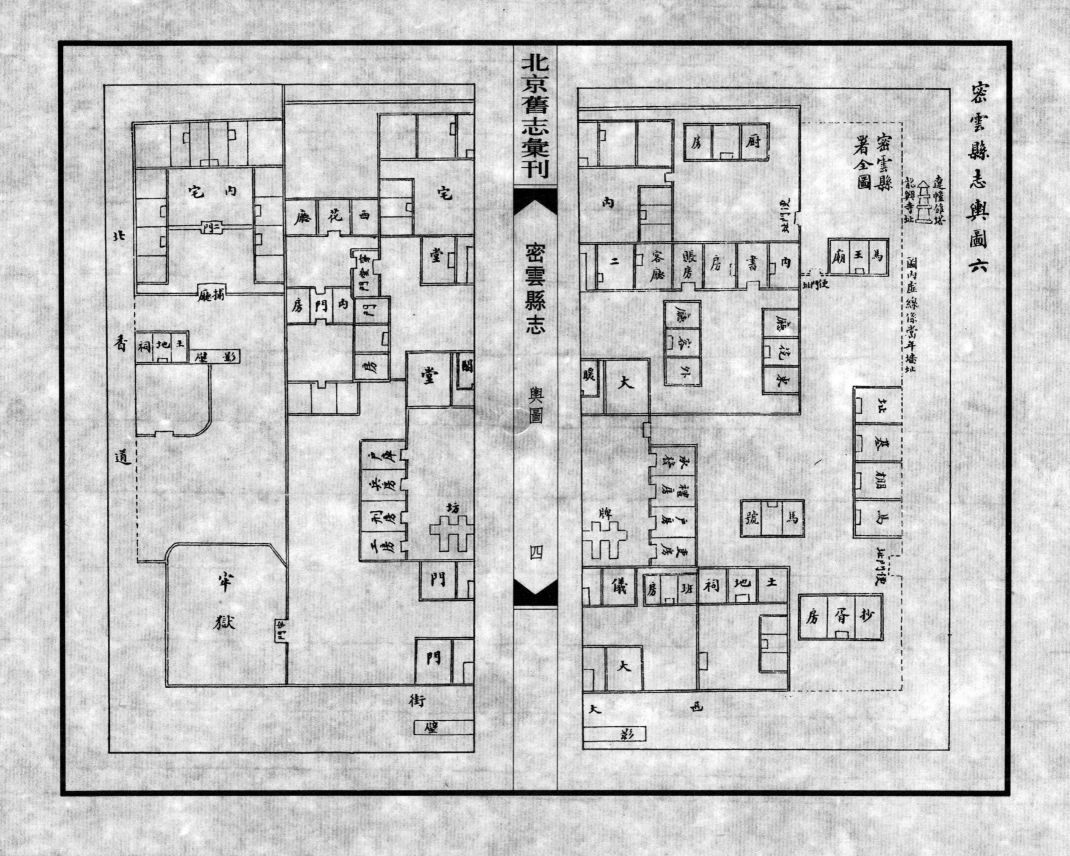

密雲縣志輿圖七

密雲文廟全圖

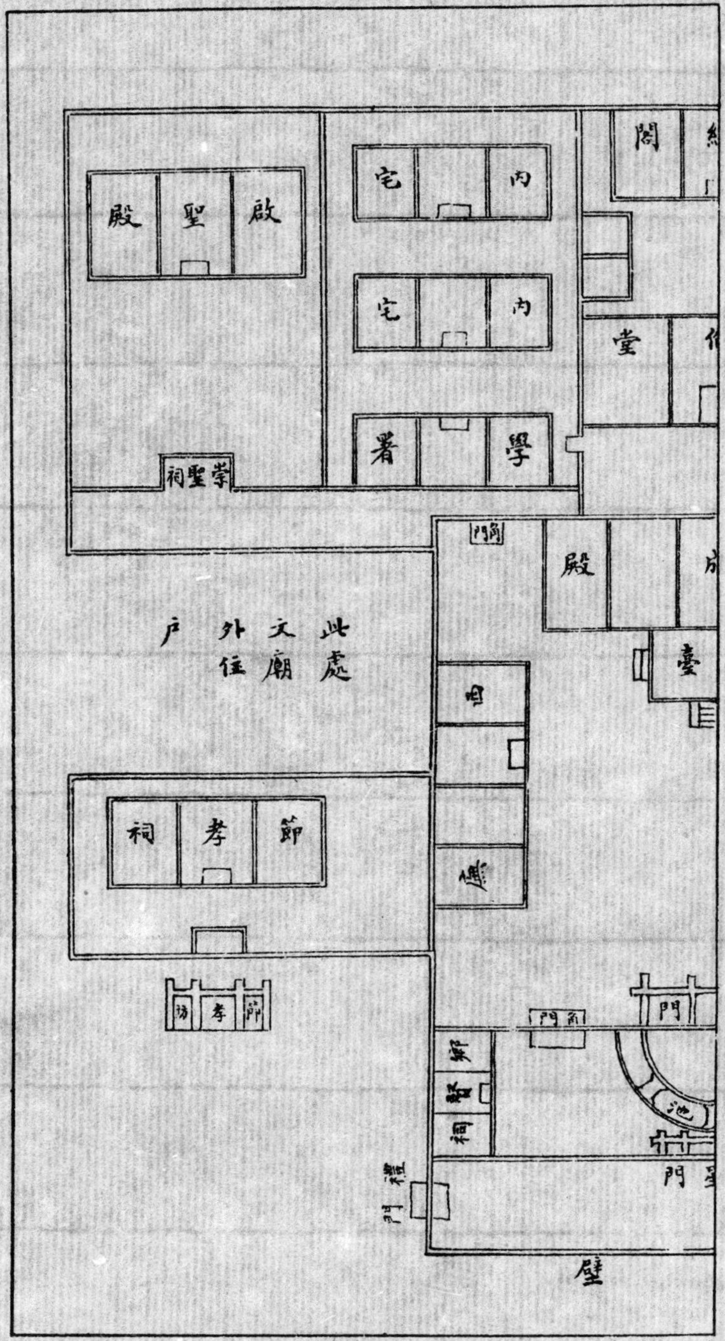

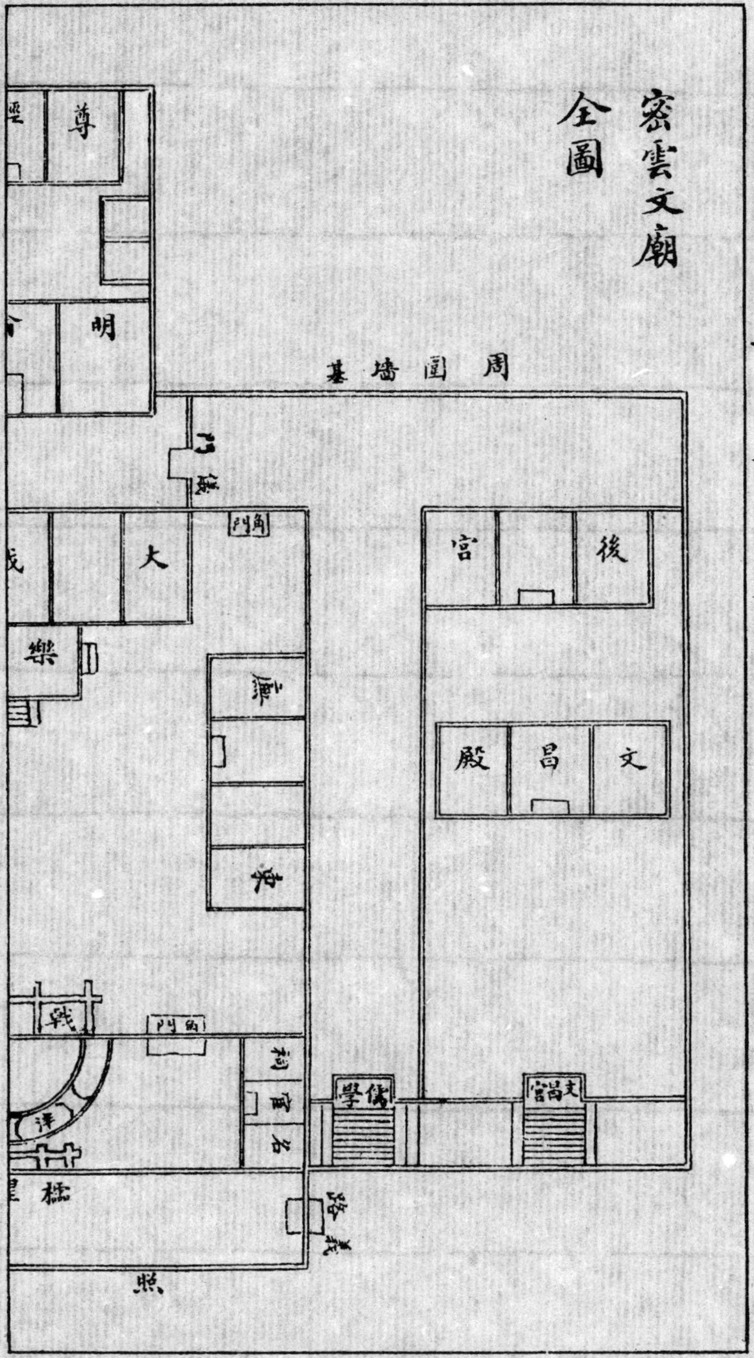

密雲高等小學校圖

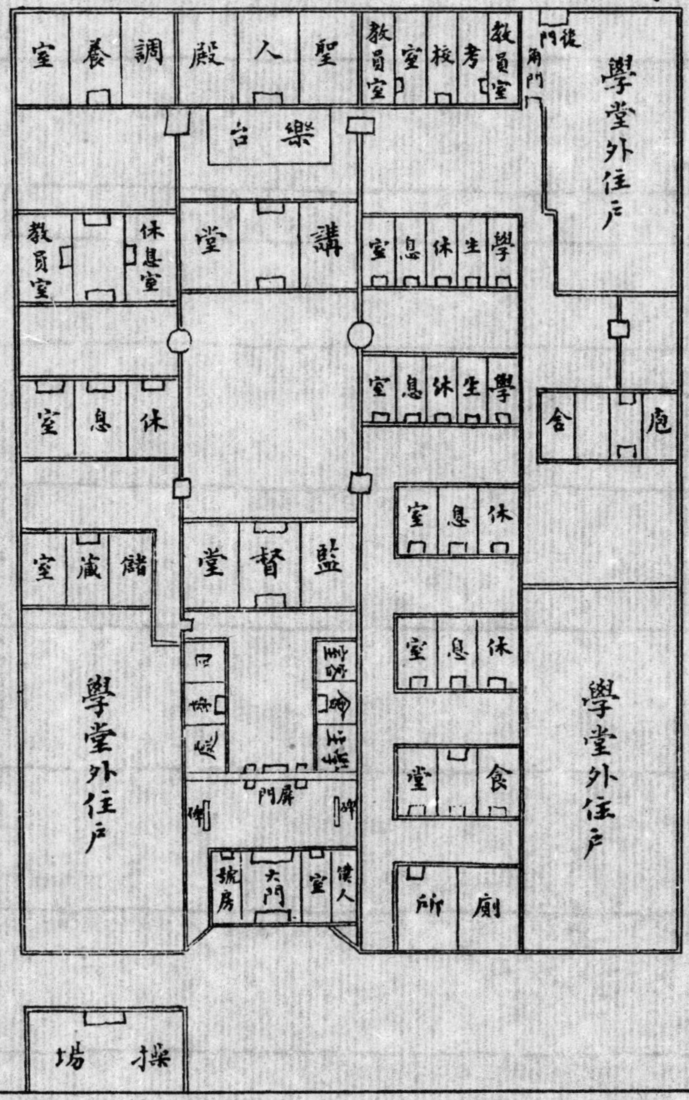

密雲商務總會圖

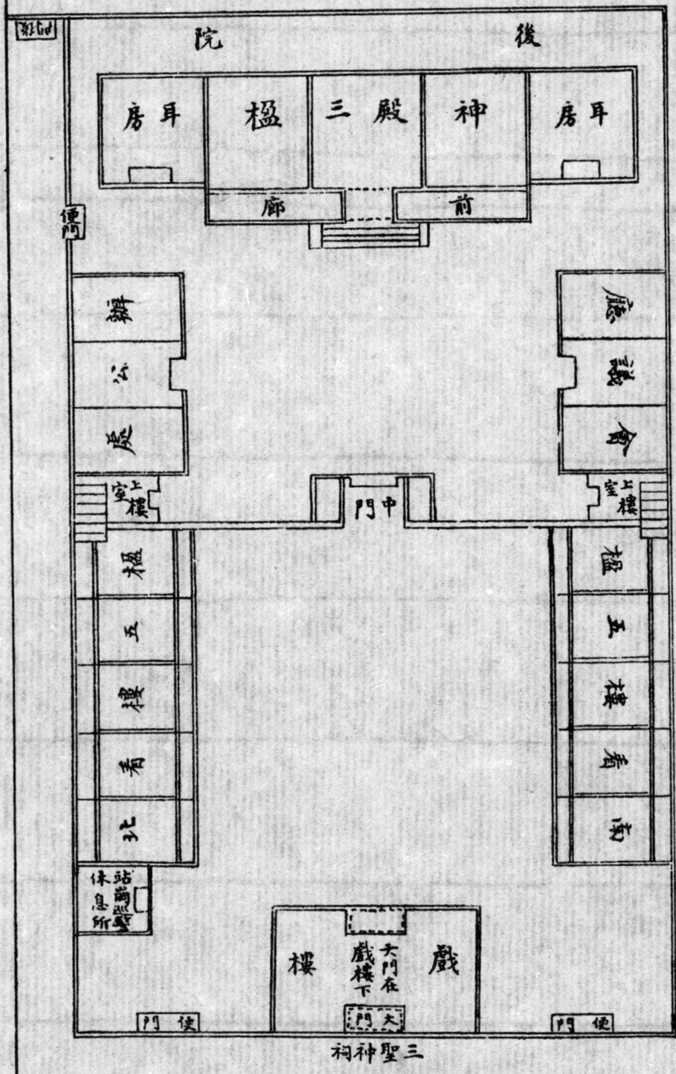

密雲縣志輿圖九

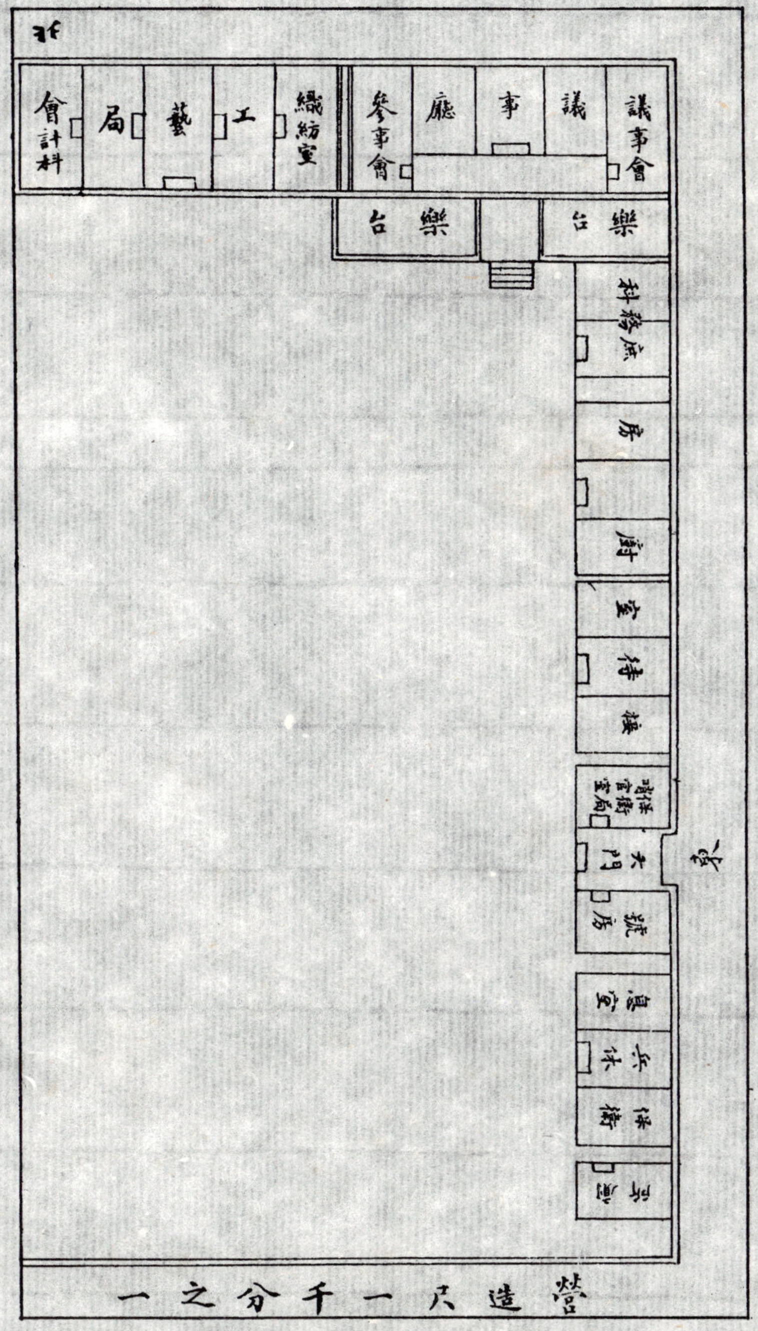

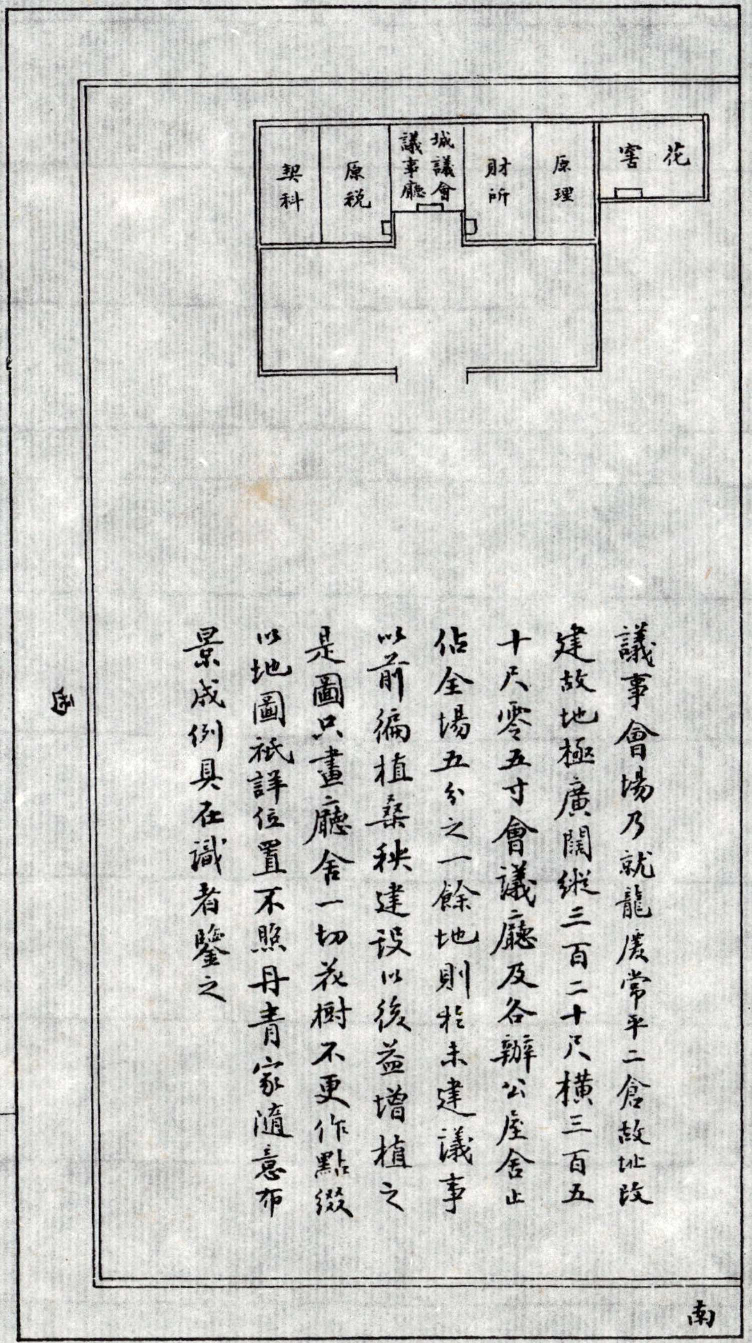

議事會場乃就龍慶常平二倉故址改建故地極廣闊縱三百二十尺橫三百五十尺零五寸會議廳及各辦公座舍止佔全場五分之一餘地則於未建議事以前徧植桑秧建設以後益增植之是圖只畫廳舍一切花樹不更作點綴以地圖祇詳位置不照丹青家隨意布景成例具在識者鑒之

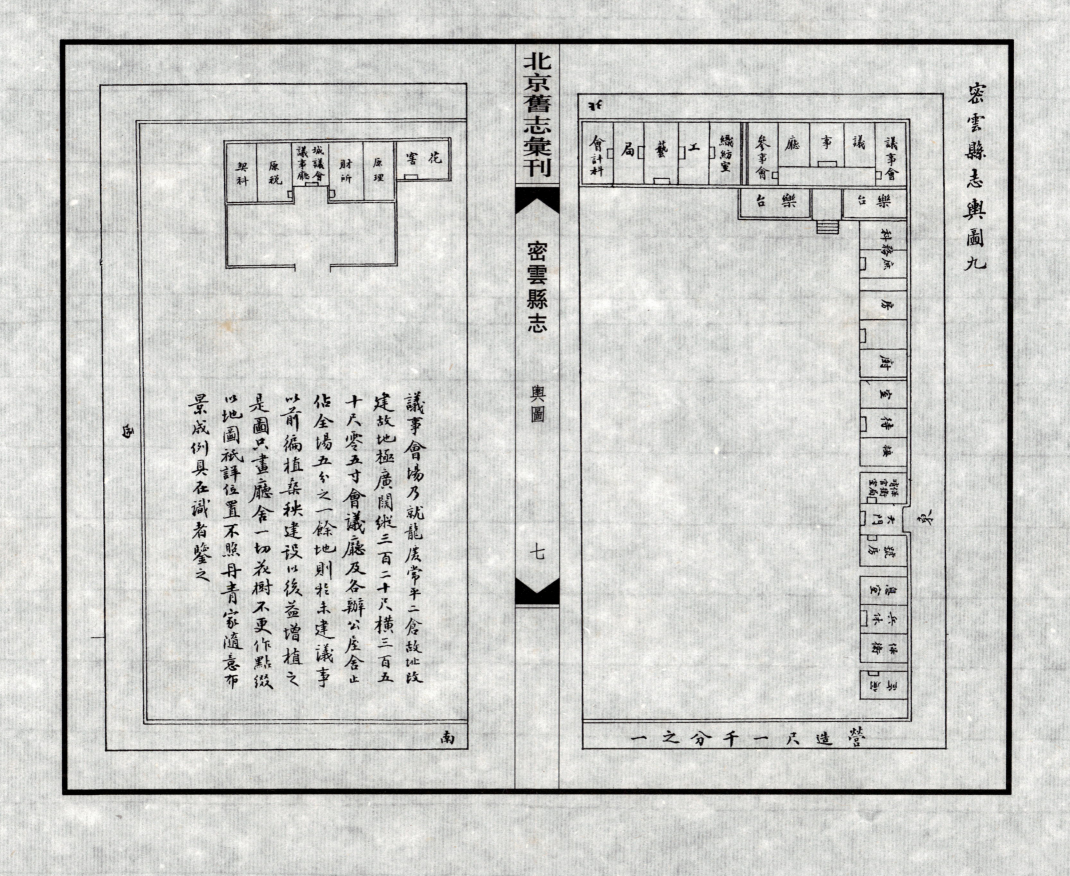

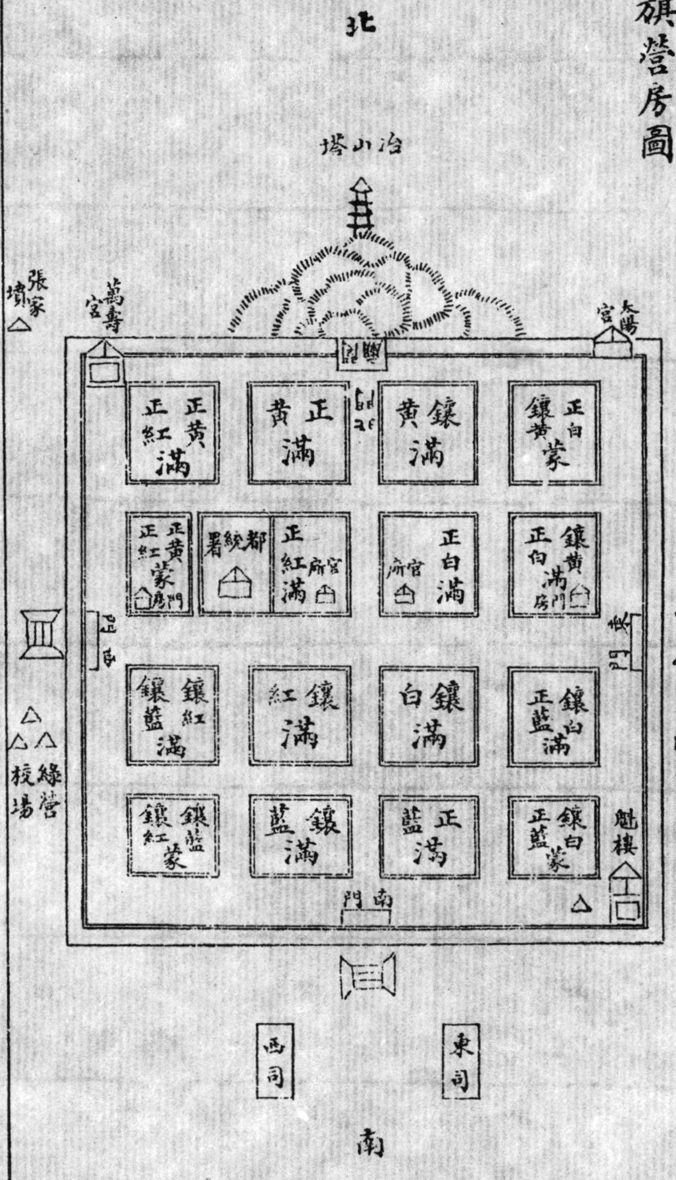
北
冶山塔
張家墳
萬壽宮
文昌宮
正黃 正紅 滿
正黃滿
鑲黃滿
鑲黃 正白 蒙
正黃 正紅 蒙 房門
都統署
正紅滿 官房
正白滿 官房
鑲黃 正白 滿 房門
西門
東門
鑲紅 鑲藍 滿
鑲紅滿
鑲白滿
鑲白 正藍 滿
綠營校場
演武廳
鑲藍 鑲紅 蒙
鑲藍滿
正藍滿
鑲白 正藍 蒙
卜魁樓
南門
西司
東司
南

八旗營房圖

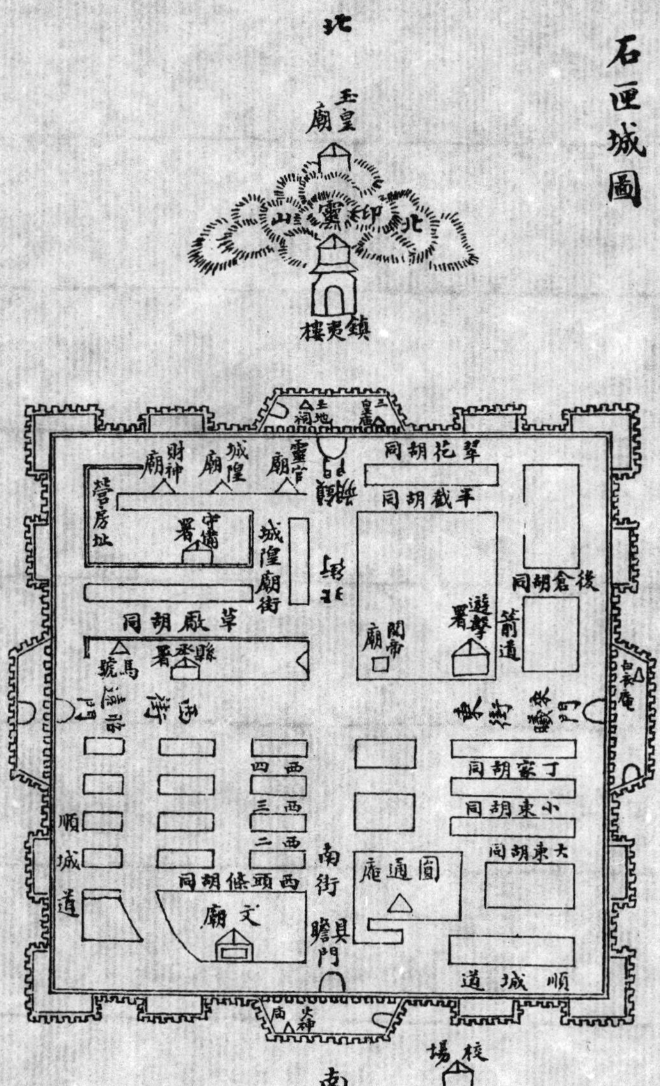
北
玉皇廟
鎮虜樓
翠花胡同
平截胡同
財神廟
城隍廟
靈官廟
營房址
守備署
城隍廟街
後倉胡同
草廠胡同
關帝廟
遊擊署
箭道
縣丞署
西街
東街
西四
西三
西二
丁家胡同
小東胡同
大東胡同
西頭條胡同
順城道
文廟
通閫庵
南街
縣門
校場
南

石匣城圖

密雲縣志輿圖十一

古北口城基圖

共轄司馬台營　龍王谷堡　潮河上營　潮河關營　吊馬寨　乍兒谷堡　黃榆溝　懷古城　七處

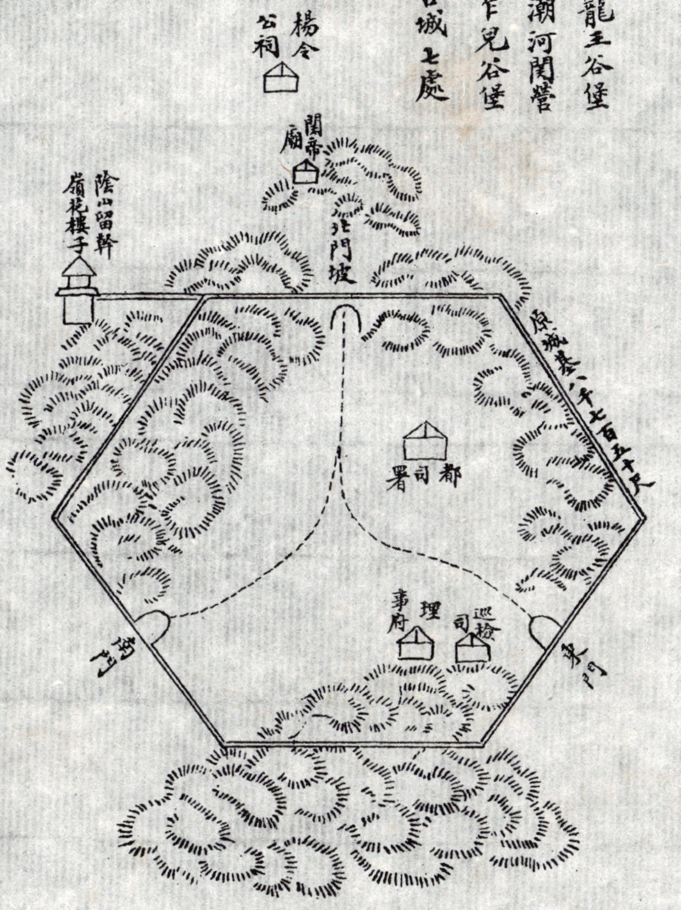

墻子路城基圖

共轄鎮兒寨堡　鎮羅營　東高頂　北水谷堡　黃門堡　吳營寨　墻子路關　磨刀谷堡　小黃崖堡　楊家民堡　大黃崖堡　十二處

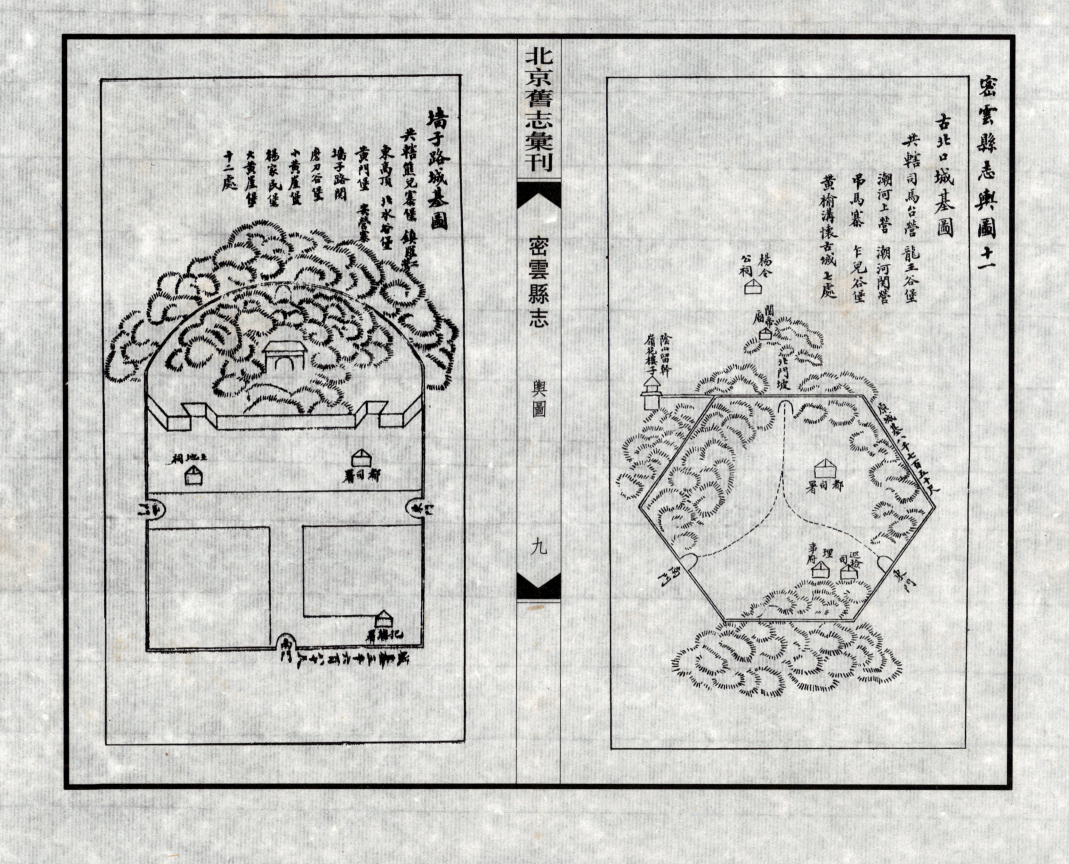

密雲縣志輿圖十二

曹家路城基圖

共轄
合公堡 姜毛谷
吉家營 大蟲谷
道遙橋 黑谷關
汗兒嶺 二道口
大角峪 扒頭
寨 蔡家谷堡
將軍台寨
新城堡十二
處

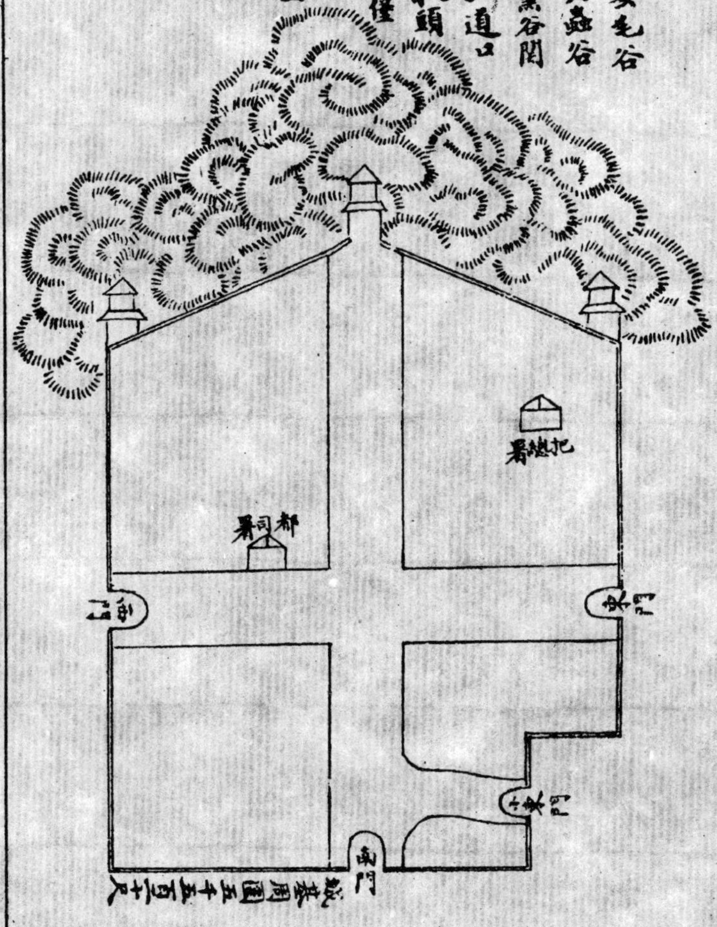

石塘路城基圖

共轄鑪房谷 陳家谷 東西駝骨堡
白馬下營 白馬關 高家莊堡
馮家谷堡 又民堡 石佛莊堡
營城嶺 黃巖口 東西石城堡
驃騎堡 東水谷 柏山扺堡
大良谷堡 白岩堡 白道谷堡
牛盆峪 小水谷 大水谷堡
河防口 神堂谷 犴連口
二十六處

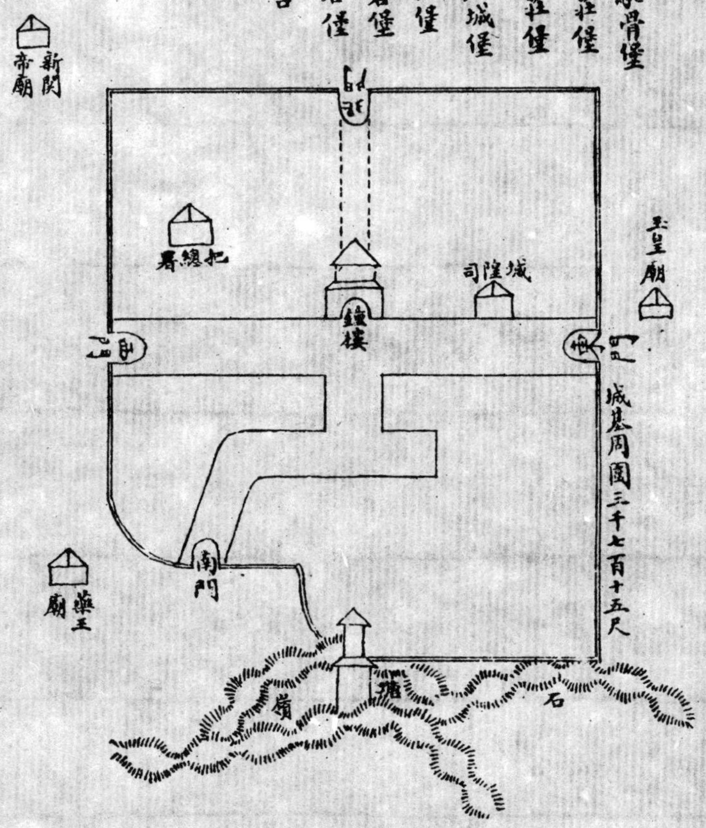

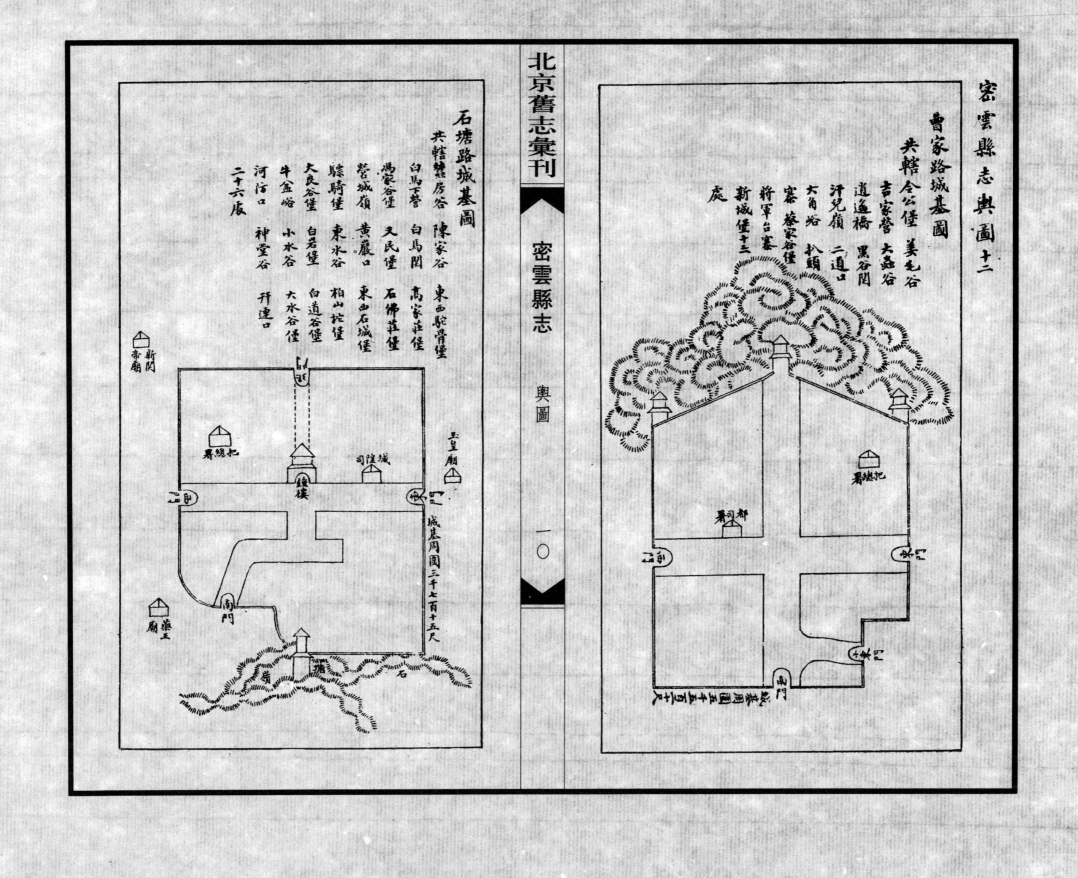

右自縣治全圖并密雲度分圖至石塘路城基圖，共十五幅，皆重要地點。其餘營關寨堡，分轄於古北口，墻子、曹家、石塘三路者，尚有五十八處。以有關形勢，附注圖中，不復列繪。又古北等四城，已不完全，衹繪城基，以存規制。